Die verlorenen Handschuhe

Illustriert von Marjorie Cooper

CARLSEN VERLAG

Drei Katzenkinder
kommen nach Haus.
Sie sehen so merkwürdig
schuldbewußt aus.
»O Mutter, Mutter,
wir armen Toren
haben alle drei
unsere Handschuh verloren!«

»Die Handschuh verloren?
Ihr seid nicht gescheit!
Dann gibt es nichts
zu essen heut!
Bis ihr mit Handschuhen
wiederkehrt,
stell ich den Kuchen
zurück in den Herd.«

Die Katzenkinder
suchen und suchen,
denn allzu lecker
roch der Kuchen!

»Da sind sie, Mutter!«
   rufen sie glücklich.
»Sag, bist du jetzt auch
   wieder friedlich?«

»Ja, setzt euch nur her,
   ihr dummen Schätzchen,
jetzt hol ich den Kuchen
   für meine Kätzchen.«

Drei kleine Katzenmägen knurren,
drei kleine Katzenkinder schnurren.

Und eins, zwei, drei – eh ihr's gedacht –
sind ratzekahl leer die Teller gemacht.

Doch welche Not,
o weh, o weh –
die Handschuh sind schmutzig,
herrjemine!

»Was machen wir nun?
Was tun wir jetzt?
Die Mutter ist ja
richtig entsetzt!«

Die Katzenkinder
laufen hinaus
und waschen schnell ihre
Handschuhe aus!

O Mutter, schau dir
die Handschuh an!
Gelt, wir sind lieb auch
dann und wann?

»Lieb seid ihr oft
  und süß seid ihr immer.
Aber wer von euch
  findet die Maus im Zimmer?«